AF357992

Vente des Vendredi 4 et Samedi 5 Avril 1862

OBJETS D'ART

CURIOSITÉS, AMEUBLEMENT & TABLEAUX

Composant le Cabinet de M. H.

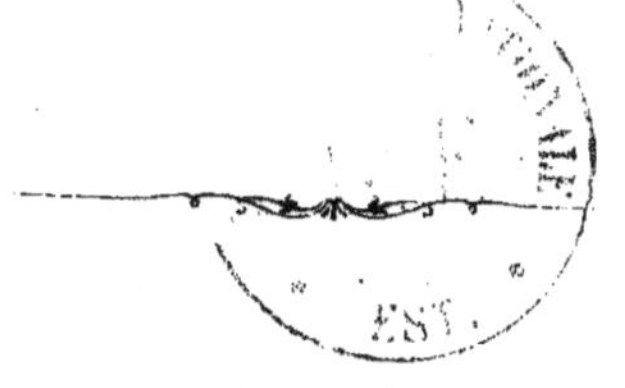

M^e Ch. **PILLET**, Commissaire-Priseur

M. FOULIÈRE | M. Ferdinand **LANEUVILLE**

EXPERTS

PARIS. IMPRIMERIE DE PILLET FILS AINÉ
5, RUE DES GRANDS-AUGUSTINS.

[illegible handwritten annotation]

CATALOGUE

D'OBJETS D'ART

DE CURIOSITÉ ET D'AMEUBLEMENT

Groupes et Porcelaines de Sèvres,
de Saxe, d'Allemagne, de Chine et du Japon ; Faïences italiennes et autres ; Marbres,
Biscuits de Sèvres, Vitraux ; Bronzes anciens et modernes ;
Montres Louis XV et Louis XVI : très-beau Chronomètre anglais de Dent ; Émaux, Miniatures ;
Meubles Louis XIII en marqueterie de cuivre,
sur écaille et sur bois

TABLEAUX ANCIENS ET MODERNES

Composant le Cabinet de M. H.

DONT LA VENTE AURA LIEU

HOTEL DROUOT, SALLE N° 1

Les Vendredi 4 et Samedi 5 Avril 1862

A UNE HEURE

Par le ministère de Me **CHARLES PILLET,** Commissaire-Priseur,
rue de Choiseul, 11

Assisté, pour les Curiosités, de M. **FOULIÈRE,** marchand de curiosités,
rue de la Chaussée d'Antin, 68,

Et, pour les Tableaux, de M. Ferdinand **LANEUVILLE,** Expert,
rue Neuve des Mathurins, 73,

Chez lesquels se distribue le présent Catalogue.

EXPOSITION PUBLIQUE

Le Jeudi 3 Avril 1862, d'une heure à cinq heures

CONDITIONS DE LA VENTE

Elle sera faite au comptant.

Les adjudicataires payeront *cinq pour cent* en sus des enchères, applicables aux frais.

Paris. — Imp. de PILLET fils aîné, rue des Grands-Augustins, 5.

DÉSIGNATION

DES OBJETS

1 — Une très-belle pendule Louis XIV ancienne, de forme
monumentale. Les côtés sont cintrés et les pieds sont
formés d'enroulements. Des cariatides supportent le
fronton, qui a une partie de sa façade à jour. La
porte est ornée d'une plaque en bronze représentant
le char d'Apollon. Cette pièce, remarquable par sa
richesse, est en écaille brune et en marqueterie.

2 — Un cartel Louis XVI ancien, doré.

3 — Deux candélabres Louis XVI anciens : Enfants bronzés,
sur des pieds ronds formés de cannelures en spirale,
et supportant six lumières. Ces candélabres sont
d'une bonne exécution.

4 — Deux flambeaux Louis XVI, bronze doré au mat et marbre blanc.

5 — Le Joueur de flûte et la Tireuse de cartes. Bronze florentin.

6 — Jeune fille nue sur une terrasse, prête à se mettre dans l'eau.

7 — Apollon, debout sur un socle en marbre noir cannelé. Cette pièce, au fini, a servi de modèle pour la reproduction du bronze.

8 — Deux bustes d'enfants sur socle en marbre bleu turquin.

9 — Deux bustes : le Baiser, de Houdon, sur socle en marbre blanc.

10 — Deux flambeaux : Enfants sur des fûts, marbre blanc.

11 — Deux petits bronzes : Cerf et Biche de Barye.

Porcelaines de Chine et du Japon

12 — Une grande coupe en porcelaine du Japon, très-richement montée en bronze doré.

13 — Deux cornets japon, montés en bronzes dorés : ils sont
restaurés.

14 — Une garniture de cinq pièces vieux chine à mandarins,
d'une très-belle forme.

15 — Trois potiches de la même famille, mais plus petites.

16 — Deux potiches, moyenne grandeur, porcelaine du
Japon.

17 — Deux petites potiches et deux cornets, porcelaine du
Japon.

18 — Une fontaine, porcelaine du Japon, et son robinet en
cuivre.

19 — Deux grosses bouteilles, porcelaine du Japon.

20 — Quatre grands plats, dont un à figures, en porcelaine
du Japon. Ils seront divisés.

21 — Deux cornets à figures, très-fins de qualité, les bords à
fond rouge.

22 — Trois plats vieux chine à huit pans ; le fond est décoré
de branchages et d'oiseaux, et les bords cannelés de
différentes nuances.

23 — Une biche vieux chine, socle en bois.

24 — Une petite poule et une chimère.

25 — Deux sucriers formant des canards.

Faïences

26 — Un très-beau coq formant soupière.

27 — Un faisan formant soupière.

28 — Un canard même forme.

29 — Un pigeon *idem.*

30 — Un dindon hérissé *idem.*

31 — Une poule d'Inde *idem.*

32 — Deux carpes formant saucières.

33 — Deux poissons *idem.*

34 — Une tortue *idem.*

35 — Un très-beau perroquet.

36 — Deux pots à bière, l'un représentant un singe et l'autre
un buveur.

37 — Une rose formant sucrier et une plaque.

38 — Une applique, suite des Palissy.

39 — Deux bustes formant flambeaux.

40 — Un plat contenant des fruits.

Marbres

41 — Une belle statue de moyenne grandeur.

42 — La Vénus Callipige.

43 — Antinoüs, même grandeur, faisant pendant.

44 — Un buste de jeune fille.

45 — Un hermaphrodite.

46 — Deux statuettes : Vénus et Apollon, sur socles garnis de
bronzes dorés. Époque Louis XVI.

Émaux

47 — Une grande et belle plaque : Saint Jérôme en prières. Grisaille.

48 — Une plaque ovale sur fond de velours représentant un saint Bruno en extase.

49 — Une plaque représentant sainte Marguerite. Grisaille.

50 — Deux plaques : l'une la Présentation de l'Enfant Jésus ; l'autre la Fuite en Égypte.

51 — Deux plaques : Saint Jean.

52 — Deux plaques : Saint Louis et saint Ignace.

53 — Une coupe dentelée à arabesques : Amour sur un lion.

54 — Une râpe à tabac.

Sèvres pâte tendre, montés

55 — Deux buires, ancien décor, montées en bronzes dorés.

56 — Deux coupes ovales bleu turquoise, montées en bronze
doré.

57 — Deux caisses bleu turquoise, monture ancienne.

58 — Une coupe saxe montée en bronze doré.

Saxe ancien

59 — Deux grandes figures : la Vielleuse et le Joueur de mu-
sette. — Haut. 43 c.

60 — Le Temps, porte-montre. — Haut. 34 c.

61 — Le Tailleur sur son bouc, belle figure sur socle de
marbre. — Haut. 48 c.

62 — Le même, plus petit que le précédent, sur socle de
marbre.

63 — Deux groupes à trois figures : l'Été et l'Automne.

64 — Groupe : Bacchus et Bacchante.

65 — Deux groupes : les Baisers champêtres.

66 — Groupe : le Paysan et le Chasseur.

67 — Deux groupes : Enfants semblables.

68 — Deux fleuves.

69 — L'Europe à cheval. Jolie figure tenant la boule du monde.

70 — Trois figurines : Joueur de vielle et Danseuses.

71 — Deux figurines : Jeunes filles faisant de la musique.

72 — Une figurine : Maggyar.

73 — Neuf petits saxes blancs et décorés.

74 — Treize animaux : Chiens, chats, chèvre, ours, poules, et perroquet.

75 — La Marchande de bijoux.

76 — Deux figurines : Marchands de poisson.

77 — Six figurines grimacières.

78 — Une perruche perchée tenant un morceau de sucre.

79 — Deux figurines. Diane et Apollon.

80 — Trois figurines : le Temps et deux Musiciens.

81 — Deux figurines : Marchands de poisson et de tisane.

82 — Deux figurines : Tambourin et danseuse.

83 — Un paysan à cheval.

84 — Deux figurines : Chinois et Danseur.

85 — Deux petits bustes : l'Été et l'Automne.

86 — Deux figurines : Batelier et Bergère.

87 — Diane sur un socle à fleurs.

88 — Deux figurines : le Marchand de citrons et la Marchande de macarons.

89 — Un petit pot et son couvercle à trois pieds.

90 — Six tasses. Sujet Watteau.

91 — Deux vases formant flambeaux garnis de bronzes dorés.

92 — Un petit seau à gaudron et anses mascarons.

93 — Une tasse à sujet Lancret.

94 — Deux corbeilles à jour pour mettre des fiches.

95 — Trois pièces : Cafetière, Pot à crème et Théière.

96 — Un grand cornet à jour et fleurs détachées.

97 — Deux cornets à fleurs en relief montés en bronze doré.

98 — Un broc et sa coquille ornés de fleurs.

99 — Une console à figures et un mendiant.

Porcelaine d'Allemagne.

100 — Un groupe de deux figures : la Querelle du ménage.

101 — Un groupe : Jeunes danseurs.

102 — Un pot à jour. Couvercle à pyramides; anses formées
de dragons.

103 — Deux feuilles formant compotiers et deux salières.

104 — Deux vases sans couvercle; anses têtes de bélier.

105 — Une jolie mandoline.

106 — Six verres de Bohême. Tulipes.

107 — Six autres gravés.

108 — Deux autres *idem*.

109 — Un biscuit de Sèvres Jeannot.

110 — Un biscuit de Sèvres grand modèle. La Baigneuse de
Falconnet.

111 — Deux petits pots à rouge. Sèvres dur.

111 *bis* — Douze couteaux et fourchettes à lames d'argent,
et manches en porcelaine de Saxe.

Argenterie

112 — Quatre coquetiers.

113 — Une figurine : le Roi David.

Objets de montre

114 — Un très-beau chronomètre anglais de Dent.

115 — Une petite montre Louis XV avec émaux.

116 — Une montre Louis XVI ciselée.

117 — Une petite coupe en lapis-lazuli.

118 — Un cachet cristal de roche.

119 — Un étui vernis Martin. Sujet : Enfants.

120 — Une navette vernis Martin.

121 — Une figurine en ivoire.

Meubles

122 — Un grand bureau Louis XIII, à X, en marqueterie
cuivre et écaille.

123 — Une commode Louis XIII, à fleurs.

124 — Un chiffonnier Louis XIII, à fleurs.

125 — Une grande bibliothèque, à fleurs, à deux vantaux,
formant commode, garnie de bronzes dorés.

126 — Une table Louis XIII, à fleurs.

127 — Un grand fauteuil garni d'une tapisserie des Gobelins.

128 — Un très-beau secrétaire. Marqueterie; sujets en ivoire; l'intérieur, marqueterie vernissée.

129 — Une console Louis XVI, demi-ronde, avec marbre blanc.

130 — Deux très-beaux bras à trois lumières, en bois sculpté.

131 — Un cabinet en noyer sur sa base, à colonnes et garni de bronzes Louis XIII dorés.

132 — Un guéridon laque.

133 — Un miroir en chêne avec riche bordure, enfants et arabesques.

134 — Un guéridon en bambou supportant un très-beau plat de Chine.

135 — Deux portières en tapisserie de Beauvais. Sujet : l'Enfant prodigue.

135 *bis* — Une belle tapisserie de la Savonnerie, représentant la Vierge, avec guirlandes, bouquets et fleurs, etc. Haut. 4 m. environ.

136 — Deux vitraux : la Vierge tenant l'Enfant Jésus, et au-dessous d'une banderolle, un ange pose la couronne sur la tête de la Vierge. Riche entourage.

137 — Le pendant : Saint Michel terrassant le Démon.

138 — Douze vitraux représentant des chevaliers portant les
bannières des villes et cantons suisses. Ces vitraux
sont remarquables par le fini de l'exécution et la
richesse des couleurs. Ils seront divisés.

Miniatures

139 — Une très-belle miniature représentant Adrienne Le-
couvreur. Grande dimension ; cadre doré au mat.

140 — Une petite miniature : Jeune fille. Cadre doré au mat.

TABLEAUX

TABLEAUX ANCIENS

DE DIVERSES ÉCOLES

ALBANE (Genre).

1 — Diane.

BREUGHEL ᴇᴛ FRANCK.

2 — Petit paysage.

FRAGONARD.

3 — La Déclaration.

DU MÊME.

4 — L'Adieu.

JANET (Ecole)

5 — Portrait de deux jeunes filles en riches costumes.

HOREN (J. V.). Signé, daté 1648.

6 — Paysage.

> Un personnage de distinction se promenant avec une dame et attirant son attention sur deux enfants jouant avec des moutons gardés par des bergers.

LAWRENCE. Signé.

7 — Jeune femme couchée, tenant une souris.

NATOIRE.

9 — Amphitrite.

DU MÊME.

10 — Mars et Vénus.

PATER.

11 — La Partie de bain.

DU MÊME.

12 — Halte à la fontaine.

DU MÊME.

13 — Conversation dans le parc.

DU MÊME.

14 — Attaque de voleurs.

RICKAERT.

15 — Intérieur de cabaret.

TENIERS (d'après).

16 — Un paysan.

INCONNU.

17 — Vue du vieux Paris, prise du Pont Neuf.

ECOLE ALLEMANDE.

18 — Le Concert.

ECOLE ITALIENNE.

19 — Descente de croix.

DE LA MÊME.

20 — Sainte Famille.

TABLEAUX MODERNES

BALLUE.

21 — Promenade dans le parc.

BERCHÈRE.

22 — Vue prise en Égypte. Effet de nuit.

BOURDIER.

23 — La Mort de Zurbaran.

A ses derniers moments il saisit un morceau de charbon et traça sur le mur une tête de Christ; l'un des enfants de chœur qui l'assistaient s'écria : il vient de s'immortaliser ! Cet enfant, c'était Murillo.

CERRIER (T.).

24 — Le Déjeuner.

COUBERTIN (CH. DE). Signé, daté 1857.

25 — Femme turque fumant.

DARJOU.

26 — La Partie d'échecs.

DU MÊME.

27 — Un renard mort.

DU MÊME.

28 — Deux sujets de chasse.

DEMARNE (d'après).

29 — Paysans dans une forêt.

FAURE (P.).

30 — La Jeune fermière.

FAURE.

31 — Paysans romains.

DU MÊME.

32 — Campagne de Rome.

GOLL.

33 — Marine.

GUDIN. Signé.

34 — Marine. Effet d'orage.

DU MÊME.

35 — Marine.

JORY (E.).

36 — Étude de femme.

JOYANT.

37 — Paysage.

KUWASSEY fils. Daté 1855.

38 — Marine.

LANDELLE.

39 — Nymphe et Amour.

LANFANT, de Metz.

40 — Une fillette.

LOIRE (L.).

41 — Promenade aux champs.

MAUGEY (d'après GUIGNET).

42 — Soldats tirant de l'arc.

MAUGEY (CLAUDE).

43 — Jeune fille sortant du bain.

MOULIN D'ARGY.

44 — Paysage maritime.

NOEL (J.). Signé, daté 1859.

45 — Le Départ pour la pêche.

PASSINI.

46 — Paysage baigné par une rivière.

P. D.

47 — Deux personnages en promenade.

REYNAULD (F.).

48 — Pêcheurs débarquant leur poisson.

ROBERT (Léopold).

49 — Paysan à la porte d'une chaumière. Effet de nuit.

ROBERT (Aurèle).

50 — Paysanne italienne.

ROSSI (J.).

51 — Vue du palais du doge. (Clair de lune.)

DU MÊME.

52 — Vue de la Douane à Venise.

SCHEFFER (attribué à Ary).

53 — Etude pour le roi de Thulé,

SEIGNAC (P.).

54 — L'Enfant terrible.

SINET. Signé, daté 1858.

55 — Enfant jouant avec un faucon.

ULYSSE.

56 — La Lecture.

VERLAT (Ch.).

57 — Renard guettant un lapin.

VILLEVIELLE.

58 — Les Bords de la Seine.

INCONNU.

59 Paysage. Effet de brouillard.

PASTELS, DESSINS & AQUARELLES

ANDRIEUX.

60 — Don Quichotte.

DU MÊME.

61 — Sancho Pança.

BALAN.

62 — Cathédrale d'Amiens.

(Aquarelle.)

BONINGTON (attribué à).

63 — Le Coup de l'étrier.

CHARLET.

64 — Brigand italien.

(Aquarelle.)

CHARLET.

65 — L'Empereur à Sainte-Hélène.

(Crayon.)

DU MÊME.

66 — Le Parlementaire.

GUICHARD.

67 — Etude d'après une jeune paysanne.

(Aquarelle.)

HUET.

68 — Scène champêtre.

(Aquarelle.)

VIGÉE (L.). Signé, daté 1747.

69 — Portrait d'homme.

(Pastel.)

DU MÊME.

70 — Portrait de femme.

(Pastel.)

WATTEAU.

71 — Etudes de têtes de femmes et d'hommes.

(Dessin aux deux crayons.)

WATTEAU (d'après).

72 — Concert danc le parc.

(Aquarelle.)

INCONNU.

73 — L'Éducation de l'Amour.

(Pastel.)

INCONNU.

74 — Pendant du précédent.

(Pastel.)

www.ingramcontent.com/pod-product-compliance
Lightning Source LLC
LaVergne TN
LVHW020623180726
843502LV00006B/1851